Gepes Malignes
lac
Poble dels Castors
iu Mo
Gran Jungla
Coves del Drac
Badia del Drac
tja dels Cocos

Ingo Siegner

El petit drac Coco
i les seves aventures

Ingo Siegner

El petit drac Coco
i les seves aventures

laGalera

Primera edició: febrer del 2010
Tercera impressió: setembre del 2014

Títol original alemany: Der Kleine Drache Kokosnuss und seine Abenteuer

Disseny: Basic-Book-Sesign, Karl Müller-Bussdorf
Maquetació: Adriana M. Vila-Abadal

Coordinació editorial: Anna Pérez i Mir
Direcció editorial: Iolanda Batallé Prats

Textos i il·lustracions d'Ingo Siegner
DER KLEINE DRACHE KOKOSNUSS - GESPENSTER - MALBUCH by Ingo Siegner

This book was negotiated through Ute Körner Literary Agent, S.L., Barcelona
www.uklitag.com

La Galera, SAU Editorial
Josep Pla, 95 – 08019 Barcelona
www.lagalera.cat
lagalera@grec.cat

Imprès a Egedsa
Roís de Corella, 16
08205 Sabadell

Dipòsit Legal: B-411-2010
Imprès a la UE
ISBN: 978-84-246-3346-2

Índex

Primera aventura

La balena Casimira

La Terra és com una pilota. Però no del tot rodona, sinó més aviat abonyegada. És una mica com una carbassa. A la pilota Terra hi ha molta aigua: són els oceans. Els oceans són tan gegants que els éssers humans encara no han tingut temps d'explorar-los sencers.

Enmig dels oceans hi ha illes sovint desconegudes. Són illes on viuen éssers d'aquells que hem sentit a parlar o n'hem llegit coses, però no els ha vist mai ningú. Com l'illa del Drac.

Ara fa dies que neva en aquesta illa llunyana. Tots els dracs de foc adults han volat cap a l'illa de l'Estiu, al càlid mar del Sud. Però els dracs de foc, que són petits, s'han hagut de quedar, perquè encara no saben volar. Durant tot l'hivern n'aprendran a l'Escola de Vol per a Dracs.

—No és just! —ha protestat en Coco, quan ha vist que els seus pares preparaven les maletes.

—No estiguis trist, petit Coco —li ha dit l'Elsa.

L'Elsa és la mare d'en Coco. I en Manuel, el seu pare, ha afegit:

—Això és el que passa quan encara no saps volar. Aprèn a volar i la propera vegada podràs venir amb nosaltres a l'illa de l'Estiu.

Aprendre a volar és la cosa més difícil del món. El petit drac Coco s'hi esforça molt, però avui només ha aconseguit allunyar-se cinc passes de drac.

«Quin hivern més avorrit», pensa en Coco.

Després de les classes amb la vella professora de vol Proselinda, en Coco baixa a la badia i s'estira sobre la neu.

«Quina mala sort!», pensa, «tot l'hivern aquí practicant el vol, mentre que al sud s'hi deu estar tan bé!»

En Coco s'imagina la caloreta que deu fer allà i que bons que deuen ser els gelats...

En Coco somia amb els ulls oberts i la boca de drac se li fa aigua pensant en el gust d'un gelat de xocolata, quan de sobte l'aigua s'obre davant seu.

Una cosa molt gran se li acosta nedant. En Coco s'espanta i fa un salt enrere:

—Un peix gegant! —exclama.

—No, no —li respon l'animal gegantí—. No sóc cap peix. Sóc una balena.

—Una balena també és un peix! —replica en Coco.

—No, els peixos poden respirar sota l'aigua. Nosaltres, les balenes, necessitem aire i per això hem de sortir a la superfície a agafar-ne. Però podem retenir l'aire molta estona. Em dic Casimira.

—Jo em dic Coco.

—Com? —pregunta la Casimira.

—Coco. Aquest és el meu nom.

—Quin nom més estrany per a un drac.

—El meu pare diu que quan vaig néixer era tan petit com un coco. Per això em dic així.

—Ah, que interessant! —exclama la Casimira, i tot d'una es posa trista—. Coco, que em podries ajudar? Tota sola no puc sortir de la badia. Un iceberg ha baixat, tapant la sortida.

En Coco pensa: «Mmm..., un iceberg, mmm...». Llavors fa petar els dits i crida:

—Gel i foc fan aigua, oi?

—Mmm..., sí, tens raó —contesta la Casimira, però no sembla que hagi entès què li vol dir.

Sense pensar-s'ho dues vegades, en Coco es dirigeix cap a l'iceberg, que sura damunt l'aigua, brillant i lluminós com un diamant. En Coco agafa aire i llança foc per la boca.

El gel comença a desfer-se. Al principi només són un parell de gotes, però quan en Coco llança més foc, comença a fondre's més aigua de l'iceberg, fins que només queda una petita muntanya de gel.

La Casimira somriu:

—Fantàstic Coco! En agraïment, et concedeixo un desig!

El Coco no s'ho rumia gaire:

—Em portes al mar del Sud, a l'illa de l'Estiu dels dracs?

—Mmm... ho podem intentar —diu la Casimira—. Puja sobre el meu llom!

Però quan en Coco puja amb les dues potes sobre el llom de la Casimira, aquesta fa «blup», i s'enfonsa com si en Coco fos una pedra.

—Ui! —crida en Coco espantat, mentre torna nedant a la costa.

—No puc —diu la Casimira—. Peses massa.

—No hi ha cap manera que em puguis portar? —li pregunta en Coco tot preocupat.

—Deixa'm pensar —diu la Casimira—. Ja ho tinc! Vés a buscar una corda llarga i gruixuda i dos troncs! Amb això ho aconseguirem.

En Coco puja sobre els dos pals i se subjecta a la corda, que la Casimira prem entre les dents.

—Estàs preparat? —crida la Casimira—. Vés amb compte, que marxem! —I surt de la badia a la velocitat d'un coet.

—Uauuu! —crida en Coco, aixecant el nas al vent—. Que divertit!

La Casimira neda tota la nit i, quan l'endemà surt el sol, tots dos arriben a l'illa de l'Estiu, al mar del Sud.

Els dracs adults són a la platja prenent gelat de gerds per esmorzar. De sobte, es freguen els ulls:

—Mireu, però si és el petit Coco! No pot ser!

I tant que pot ser! D'aquesta manera, i per primera vegada, un drac de foc petit podrà passar l'hivern a l'illa de l'Estiu.

Segona aventura

Matilde

La Gran Jungla no és gaire lluny de les Coves del Drac. En Coco només ha de caminar una mica al llarg de la badia per trobar-se al davant dels arbres gegants de la selva. Els sorolls estranys vénen de la jungla: bestioles invisibles fan coses com refilar, repicar, grallar, cridar, xiular, piular, cruixir, eructar, lliscar, serpentejar, cantar, xerricar...

«Mmm...», pensa en Coco, «el pare ha dit que la jungla és perillosa. Però, què em pot passar? Si puc llançar foc per la boca!»

El petit drac entra a poc a poc a la Gran Jungla. Que verd que és tot! Com més s'hi endinsa, més fosc és.

La verdor és tan espessa, que els raigs de sol no arriben a terra.

De sobte, s'aturen tots els sorolls.

I ara? Quin silenci!

Llavors ressona un bram terrible.

En Coco s'estremeix. Un altre bram, aquesta vegada més a prop. Un cruixit al sotabosc i un gran tigre que salta. En Coco es queda sense respiració.

El tigre li diu amb un to autoritari:

—Què fas aquí? Aquest és el meu terreny! Si et torno a veure per aquí et clavaré una queixalada!

I tan ràpid com ha aparegut, el tigre desapareix de nou dins la jungla verda i fosca.

En Coco tremola com una fulla. Quina bajanada! Però si ell és un drac invencible i aquest és només un tigre estúpid!

Ara també li fa soroll l'estómac, així que decideix tornar a casa. Però on és el camí de tornada? Tot li sembla igual. Verd, verd i més verd. Per més que busca, no troba la sortida de la selva. Cansat, s'asseu sota un arbre.

«Què passarà si no puc sortir d'aquí?», pensa.

Llavors, se li fa un gran nus a la gola i ja no se sent un drac invencible.

Se sent més aviat un drac escarransit i poca cosa.

De cop i volta, sent uns crits de socors:

—Ajuda! Aiii! Ajuda!

El petit drac s'aixeca i surt corrents cap a la direcció d'on provenen els crits.

Allà hi troba una serp boa. Té entrellaçat un petit porc espí i se'l vol cruspir.

Quan la serp veu en Coco, li diu:

—Vés-te'n, drac tirallufes!

Quan sent això, el Coco s'enfada de debò. Inspira profundament i llança un raig de foc sobre el cos gruixut de la serp. La serp crida, giravolta sobre ella mateixa, i fuig entre els matolls.

El porc espí cau a terra i crida:

—Que bé! Un drac de foc invencible!

En Coco es posa vermell i diu:

—No sóc invencible.

—Però si acabes de fer fugir la serp!

Ara en Coco està vermell com un tomàquet madur.

El porc espí li allarga la mà:

—Sóc la Matilde!

—Jo sóc en Coco —diu el petit drac, i li dóna la mà. —Matilde, que em podries ajudar? Saps el camí cap a la badia del Drac?

—I tant! És molt fàcil! —diu la Matilde, i comença a caminar tota decidida.

Va tan ràpid que en Coco s'ha d'afanyar per seguir-la.

I és veritat, de seguida arriben a la badia del Drac, i a l'altra punta de la badia en Coco veu les Coves del Drac, la seva llar.

—Ens tornarem a veure? —pregunta la Matilde.

—Segur que sí! —li contesta en Coco.

I té raó, perquè quan algú salva la vida a un altre, sempre hi haurà una retrobada.

Tercera aventura

El secret

Un dia es van començar a sentir uns sorolls estranys que venien del penyal de l'illa del Drac.

Els dracs s'hi van acostar encuriosits. Allà van veure en Coco i la Matilde. Tots dos construïen una torre estranya.

—Què feu? —pregunten l'Elsa i en Manuel, els pares d'en Coco.

—És un secret —diu en Coco.

Però de quin secret es tracta no els ho diu, perquè un secret és un secret.

Aviat la torre quedarà enllestida. Està feta amb portes i taulons fets malbé, amb una escotilla i una nevera vella. I al capdamunt hi ha una banyera girada del revés. Què deu ser?

—Ja n'hi ha prou amb tant de secret! —diu l'Elsa—. Què esteu maquinant?

—Volem volar a la Lluna! —contesta en Coco.

—A la Lluna?

En Manuel se'l mira com si s'hagués ennuegat amb un coco torrat.

—Amb un coet de veritat! —diu la Matilde.

—Aquesta nit marxem —explica en Coco orgullós—. Ens vindreu a dir adéu?

I abans que en Manuel i l'Elsa contestin, el petit drac i el porc espí ja han desaparegut a la Cova del Drac per anar a buscar els seus cascs d'astronauta.

La notícia s'escampa com una taca d'oli: en Coco i la Matilde volen anar a la Lluna! De cop i volta, l'escull s'omple de curiosos. També han vingut els pares d'en Coco.

—Quina torre més estranya! —diu un elefant.

—No és una torre —corregeix una granota—. És un coet. Es veu de seguida.

Les granotes en saben molt, de coets.

—Si fins i tot té propulsors! —diu una altra granota, tota sorpresa.

Un coet per a anar a la Lluna, construït per un drac i un porc espí… Mai no s'havia vist una cosa igual.

En aquest precís moment, ressona un fort espetec i el coet comença a tremolar. Dels tubs en surt molt de fum blanc, tant que aviat ja no es veu el coet. Al mateix temps se senten brunzits, cruixits, estrèpits, sorolls de tota mena, com si passessin cent tractors alhora. El soroll és cada vegada més fort, fins que, de sobte, el fum puja cap al cel.

—Vola! —crida una granota emocionada.

I així és: a poc a poc, el coet s'enlaira i tremola com una llauna vella durant un terratrèmol.

Bauknecht

El coet puja amunt i amunt. Ara ja és a dos dracs d'alçada. Els animals que són a sota no es poden creure el que estan veient.

I ara, què passarà?

El motor del coet sona com una vella i dèbil sirena de bombers. Tot d'una, el coet s'atura enmig de l'aire, com si ja no tingués ganes de seguir volant. Llavors comença a descendir de nou cap a terra, primer molt a poc a poc i després cada vegada més ràpid i marxa enrere.

—Atenció! —criden els espectadors—. Que cau! Campi qui pugui!

Tots corren xocant els uns amb els altres. Els dracs ensopeguen amb els matolls de saüc, els elefants amb les llebres, els porc espins amb els talps, i entremig, com pilotes de goma, salten milers de granotes que intenten fugir.

PATAPAM!

Amb un so estrident el coet cau sobre l'escull.

De cop i volta tot és silenci.

Quan el fum ha desaparegut, s'obre l'escotilla del coet i surt en Coco, ple de carbó.

—Mmm —fa decebut—. Sembla que algun motor del coet no rutllava gaire bé.

Tot seguit surt el porc espí, també ple de carbó, que crida:

—Però, a banda d'això, tot ha funcionat perfecte!

Primer ningú no diu res, però llavors una granota crida des de l'última fila:

—Bravo!

—Bravo, Matilde! —criden dos porc espins.

—Bravo, Coco! —criden l'Elsa i en Manuel.

Finalment tots criden:

—Bravo, Coco i Matilde!

El viatge a la Lluna no ha estat un èxit. Però el coet ha volat una mica, i això no ho pot fer qualsevol!

I des d'aquest dia, sobre l'escull de l'illa del Drac hi ha un petit far per a coets.

Quarta aventura

El mag Barbeta de Cabra

De vegades, durant les vesprades d'estiu, el gran drac del mar, l'Amadeu, explica històries del mar a la petita Matilde. L'Amadeu i la Matilde són molt bons amics. Fins i tot tenen un senyal secret propi: quan la Matilde fa soroll amb la seva cua de porc espí, l'Amadeu surt a la superfície des del fons del mar.

Avui, l'Amadeu no pot explicar el conte fins al final, perquè arriba en Coco corrent. Està més esverat que un galliner i crida sense alè:

—A la badia hi ha un vaixell pirata!

La Matilde s'aixeca i segueix en Coco fins a la badia. L'Amadeu, en canvi, s'enfonsa al mar: no li agraden els vaixells, i menys encara si són vaixells pirates.

A la badia cremen dues fogueres. En Coco i la Matilde s'hi acosten amb cautela. Al voltant d'un dels focs hi ha els pirates asseguts.

Són figures tenebroses amb mocadors al cap i ganivets als cinturons.

A l'altra foguera hi ha assegut un home sol, amb un barret punxegut i barbeta de cabra.

—Que estrany —xiuxiueja en Coco—. Escoltem! Potser sentim alguna cosa interessant.

Amb molt de compte tots dos s'hi acosten més.

—Ha! Ha! Ha! —riu un pirata força gras—. Aviat un drac de foc caurà a la trampa. Llavors en Barbeta de Cabra serà el mag més gran dels set mars!

Un mag? Una trampa? Un calfred recorre el cos del drac fins als genolls. També la Matilde està morta de por. Miren al seu voltant, però ja és massa tard: una xarxa els empresona a tots dos.

Llavors ressona la veu
del mag Barbeta de Cabra:

Què tinc a la xarxa?
Què és el que he atrapat?
Un drac de foc, una bonica peça,
que obeirà les meves ordres a tota pressa!
I faré la volta al món sobre el seu llom,
i farà el que jo li digui,
i llançarà foc pertot arreu,
quan jo li mani, perquè ara és meu!

En Coco intenta foradar la xarxa amb un raig de foc, però... oh, no! La xarxa no es trenca, és màgica.

Llavors el mag somriu maliciosament i ordena:

Tanqueu el petit porc espí
en aquest recipient de vi!
Aquesta nit l'agafaré
i a la meva olla el couré.

Els pirates tanquen la Matilde en un barril i la porten cap al vaixell. Transporten la xarxa, amb en Coco dins, cap a un tronc que està lligat al vaixell.

Quan la Lluna es troba a dalt de tot del cel, els pirates ballen i canten la seva famosa cançó pirata:

Navegàvem per la mar,
érem davant de Madagascar,
i a bord, grans celebracions
amb menjar, beguda i cançons!

El mag Barbeta de Cabra, mentre remena l'olla, mormola:

Ja no puc esperar més,
deliciós, deliciós rostit de porc espí.
Primer la cua i després el cap,
i tot a coure en un tupí.

La Matilde crida:

—Ajuda'm, Coco!

—Matilde! —crida en Coco—. Repica amb la teva cua!

«Per què vol que faci això?», pensa la Matilde.

Però el mag ja l'ha tret del barril. La Matilde fa repicar la cua tant fort com pot.

—Mira! —diuen rient els pirates—. Tremola de por!

De sobte una gran onada enlaira el vaixell. Els pirates rodolen per la coberta com baletes. El gran drac del mar, l'Amadeu, s'alça des de l'aigua.

—Campi qui pugui! —criden els pirates.

En Barbeta de Cabra deixa anar la Matilde i salta per la borda. Fins i tot un mag com ell no hi pot fer res contra un drac tan gran.

L'Amadeu asseu amb cura la Matilde sobre el tronc i allibera en Coco de la xarxa. Ostres! Això ha estat salvar-se en el darrer moment!

Els pirates s'allunyen remant tan ràpid com poden amb en el bot salvavides. I el mag Barbeta de Cabra? On és?

Cinquena aventura

La travessa del desert

L'Amadeu arrossega els troncs amb en Coco i la Matilde cap a la platja, quan de cop apareix l'ombra d'un barret punxegut sobre el porc espí. El mag Barbeta de Cabra! D'on surt ara aquest tan ràpid?

En Coco i la Matilde s'aixequen i volen fugir corrents, però és massa tard.

Furiós, en Barbeta de Cabra assenyala la Matilde amb la seva vareta màgica i crida:

Has cridat el drac del mar,
Sí que l'has feta bona!
Doncs ara jo com a càstig
Et converteixo en pedra rodona!

Però l'Amadeu, empipat, agafa el mag pel coll i el llança amb totes les seves forces cap al mar.

—Ja no et veurem més —diu el drac del mar.

—Mira! —diu en Coco—. La Matilde és de pedra!

—Ostres! En Barbeta de Cabra l'ha embruixat de debò. De cop en Coco sent un nus a la gola i dels ulls de l'Amadeu cauen llàgrimes tan grosses com aeronaus. Pobre petita Matilde!

En Coco pensa amb totes les seves forces.

—Hem de trobar a algú que sàpiga desfer encanteris —diu, i llavors recorda—: la Rubínia!

L'Amadeu contesta:

—Sí, però viu al bosc de la Bruixa!

L'Amadeu té raó. Per arribar a casa de la bruixa Rubínia cal travessar el desert, i ni tan sols els dracs voladors s'atreveixen a entrar-hi, perquè tenen por de morir de set.

Però en Coco té una idea. Agafa amb cura la petita Matilde de pedra, s'acomiada de l'Amadeu i es dirigeix immediatament a la cova taller.

Durant tota una nit i tot un dia se senten cops de martell i el xerric-xerrac d'una serra.

Finalment en Coco surt de la cova empenyent un veritable vehicle per al desert: uns troncs amb rodes, amb una gran vela i un propulsor que s'acciona amb pedals. Del pal, hi penja una llanterna, i a la popa hi ha dos barrils plens d'aigua.

En Coco lliga bé la Matilde. Quan es pon el sol, s'asseu al seient del pilot i comença a pedalar amb totes les seves forces.

Durant moltes hores, el petit drac esquiva els perills a través de les dunes del Gran Desert.

A mitjanit arriba al riu Mo. A la vora del riu creixen infinits tarongers i llimoners. I com que en Coco té molta gana, es menja almenys cent fruites. Amb pell, és clar, perquè als dracs els agrada la fruita amb pell.

Finalment, veu a la llunyania el bosc de la Bruixa.

En Coco s'atura. Amb la llum esmorteïda de la Lluna reconeix fins i tot la torre de la Bruixa, que s'aixeca enmig del bosc.

Però de sobte se sent un soroll sord. Espantat, el petit drac mira cap al cel. S'acosta una tempesta. En Coco és a punt de plegar la vela quan se sent un gemec eixordador.

Milions de minúsculs grans de sorra s'arremolinen per l'aire i, de cop i volta, el vehicle s'eleva. En Coco s'agafa amb totes les seves forces. El vehicle s'enlaira i voleia per l'aire com un globus inflable.

Però, tot d'una, el fa caure la tempesta, que desapareix tan ràpid com ha aparegut.

El vehicle del desert s'esclafa a terra i en Coco ho veu tot negre.

Sisena aventura

La bruixa Rubínia

Quan en Coco es desperta ja és de dia.

Ràpidament busca la Matilde. Quina sort, encara hi és!

Però el vehicle s'ha espatllat. I és estrany: es balanceja de banda a banda. Tot es balanceja, també ell. Llavors veu que han aterrat damunt d'un arbre, enmig del bosc de la Bruixa.

De sobte sent una veu:

—Què hi fas aquí? No m'agraden les visites!

Espantat, el drac mira al seu voltant. Davant seu sobresurt, entre dels arbres, la torre de la Bruixa. Des d'allà, la bruixa Rubínia, tota grassa l'observa furiosa. Té el cabell pèl roig i ondulat, i porta un vestit florejat.

—El mag Barbeta de Cabra ha convertit en pedra la meva millor amiga, la Matilde —diu en Coco—. Podries desfer l'encanteri?

—Per què hauria de fer-ho? —pregunta la Rubínia.

—Doncs perquè la Matilde és un porc espí genial, i viva és molt més divertida que no pas petrificada.

—A mi tant se me'n dóna! —rondina la Rubínia.

«I ara», pensa en Coco. «Sí que n'és, d'antipàtica.» Llavors se li acut una idea:

—I si t'ensenyo a llançar foc?

La bruixa rumia una estona. Llavors diu:

—D'acord, t'ajudaré! Però primer m'ensenyaràs a llançar foc i, després, desfaré l'encanteri!

Fa petar els dits i mormola un parell de paraules que en Coco no entén.

Llavors apareix una corda que baixa des de la finestra de la torre i serpenteja per l'aire fins al vehicle d'en Coco.

—Vine, petit drac! —crida la Rubínia.

En Coco s'arma de valor i, amb la Matilde als braços, es dirigeix cap a la torre de la Bruixa. No mira ni una sola vegada a baix, perquè sinó segur que es marejaria.

—Benvingut, petit drac! —li diu la Rubínia.

Ensenyar a llançar foc a una bruixa no és feina fàcil. La Rubínia ha d'aprendre les coses més simples: empassar aire, enrotllar la llengua, fer petar les dents, moure les orelles... Pràcticament tot!

Però és una alumna aplicada, i a la nit ja sap llançar foc gairebé tan bé com un drac.

—Ara tinc molta son —diu la bruixa, badallant—. Demà m'ocuparé de la teva amiga.

—Demà a primera hora? —pregunta el Coco.

—Demà a primera hora —li promet la Rubínia, que torna a badallar i s'adorm.

L'endemà s'asseu amb un llibre per a bruixes súper gruixut i estudia com desfer encanteris a éssers convertits en pedra.

Al migdia crida:

—Ja ho tinc! —I posa la Matilde sobre la taula de la cuina.

La cuina de la bruixa és la sala més important de la torre de la Bruixa, perquè aquí hi ha emmagatzemat tot el que la Rubínia necessita per als seus beuratges: antenes de mosca fregides, potes

d'escarabat a la planxa, cucs de terra en almívar, llengües de serp ensucrades, sangoneres amb salsa de pebre i molt més.

La Rubínia aboca un munt de coses estranyes a l'olla mentre mormola:

Còdol dent de serp!
Oli de fetge de bacallà!
Esperits del més enllà!
Aquesta poció la salvarà!

De l'olla surten uns cruixits amenaçadors. La Rubínia n'extreu una cullera sopera plena de beuratge i l'aboca sobre la pedra Matilde mentre mormola:

Un, dos, tres, bambolina,
quatre, cinc, sis, amb plastilina,
torna el porc i torna l'espina!

En Coco aguanta la respiració.

Però no passa res. La Matilde segueix sent de pedra.

—Que la pedra es converteixi en la Matilde! —crida la Rubínia, i fa esclatar amb ràbia la cullera sobre la petita pedra.

—Aiii! —crida la Matilde, que torna a ser porc espí. En Coco s'emociona tant que li fa un gran petó a la galta.

La Matilde també està contenta de no ser una pedra, ja que com a pedra la vida és força avorrida.

Durant tot el dia, tots tres ho celebren. Però al vespre en Coco es queda pensatiu.

—Em pregunto com tornarem a casa —pensa en veu alta—. El vehicle ja no pot funcionar.

—No et preocupis —riu la Rubínia. —Sereu tan ràpids com el vent. Veniu, us mostraré una cosa!

Una, dues, tres volades,
i... obre't teulada!

El sostre s'obre, i apareix el cel estelat i brillant. A les golfes hi ha un canó de color negre, que pesa molt. La Rubínia el gira en direcció cap a la badia del Drac.

—Vinga, tots amunt! —crida la bruixa.

Atemorits, en Coco i la Matilde pugen a l'interior del canó. La Rubínia agafa aire i bufa un raig de foc contra la metxa del canó, que xiula i crepita. El Coco i la Matilde tanquen els ulls i aguanten la respiració. Llavors se sent un espetec fort i s'enlairen dins de la nit estelada.

—Uààà! —crida la Matilde.

—Uiii! —crida en Coco.

Volen! Passen com un llamp per sobre del Gran Desert. Aviat travessen les muntanyes i ja són a la badia del Drac. En Coco i la Matilde obren els paracaigudes que els ha donat la Rubínia. A poc a poc els dos aventurers s'acosten al mar.

—Coco! —crida la Matilde preocupada—. Jo no puc nedar fins tan lluny.

—I et penses que jo sí?

Però llavors en Coco té una gran idea:

—Matilde, fes repicar la cua!

El petit porc espí l'ha entès, i fa repicar la cua tan fort com pot. I just quan estan a punt d'arribar a l'aigua, surt a la superfície el cap del gran Amadeu.

—Matilde! —crida i s'agita d'alegria, creant onades tan altes com els arbres més alts de la Gran Jungla—. Però, d'on veniu?

Abans que el Coco i la Matilde comencin a explicar tota la història de la travessa del desert,

de la torre de la Bruixa, de la grassa bruixa Rubínia i del seu ràpid vol de tornada, primer aterren sobre el cap del drac del mar, i tranquil·lament es deixen portar fins a la badia del Drac.

Setena aventura

El monstre de les cavernes

A les muntanyes situades darrere del llac, així ho expliquen els dracs, viu un monstre terrible en una cova. De dia dorm i de nit surt del seu amagatall i es menja a tothom qui li passa per davant. Fa molta pudor i és tan gran com mil vaques. Els dracs fan un gran marrada al voltant de les muntanyes, anomenades Gepes Malignes, per no trobar-se'l.

—Has vist alguna vegada el monstre de les cavernes? —pregunta en Coco al seu pare.

—Somies o què? Em moriria! —diu en Manuel, i li explica que una vegada el monstre va menjar-se cent dracs d'una queixalada, i de postres cinquanta dracs petits amb nata.

Després de sentir això, en Coco es queda rumiant una estona. «No pot ser cent dracs d'una queixalada!», pensa. «Això no s'ho creu ni ell. Demà al matí preguntaré a la Matilde si m'acompanya a les Gepes Malignes.»

L'endemà, en Coco es troba la Matilde a la vora de la Jungla.

—Tens ganes de fer un petit viatge d'investigació? Més o menys durarà tres dies —diu en Coco.

—A on? —pregunta la Matilde.

—Doncs... vull anar a les Gepes Malignes, que són darrere del llac. Diuen que són molt boniques.

—A les Gepes Malignes? —crida la Matilde sorpresa—. No comptis amb mi!

Però en Coco li explica que de dia no són perilloses, perquè el monstre de les cavernes només surt de nit.

—Ens endinsarem amb cautela a la seva cova, l'observarem i tornarem a sortir. És molt fàcil! —diu en Coco—. Ja tinc una llanterna per a la cova.

—D'acord, vindré! —diu la Matilde, que ara ja sent curiositat.

Aviat està llest el cotxet especial amb tot l'equip: una llanterna per a la cova, un matxet, mantes, pinces d'estendre roba, alguns cocos i un parell de moniatos per a la Matilde.

L'endemà, travessen el Gran Llac amb el capità, el senyor Castor, cantant.

Un cop arriben a l'altra banda, en Coco i la Matilde li donen les gràcies i inicien el camí a través de les Gepes Malignes.

«Les muntanyes no semblen tan malignes», pensa la Matilde. «En realitat són força boniques. Plenes de flors de colors. Haurien de dir-se Gepes Acolorides.»

—Quina olor més estranya —diu de sobte la Matilde, arrufant el nas.

—Hem de guiar-nos per l'olor —li explica el Coco, tot emocionat.

Aquesta olor estranya és cada vegada més forta. Tots dos segueixen durant força estona la pudor fins que es troben davant l'entrada gegant d'una cova.

—Aquesta ha de ser la caverna del monstre —xiuxiueja en Coco.

Tot d'una, el genoll de la Matilde comença a tremolar com una fulla. Atemorida, puja sobre el llom d'en Coco.

—Agafa't fort —li diu el petit drac, que porta en una mà el matxet i en l'altra la llanterna.

Es posa una pinça al nas i en dóna una altra a la tremolosa Matilde. Llavors entren de puntetes a la cova. Cada vegada s'endinsen més, fins que senten els roncs del monstre. Ara també li tremolen els genolls al Coco.

Els roncs cada vegada se senten més fort, fins que de cop i volta es troben en una cavitat enorme.

I allà, sota l'enorme volta, el veuen: el monstre de les cavernes!

La Matilde i en Coco aguanten la respiració. El monstre sembla una gran muntanya de pèl amb una boca molt grossa i una llarga cua! Tot de cop la Matilde sent picor al nas i, just quan el monstre acaba de fer un gran ronc, ella esternuda:

—Atxim!

Uiii! El monstre de les cavernes s'estremeix i es desperta.

En Coco i la Matilde no es poden moure. Estan atemorits. El monstre els observa amb uns ulls enormes i recula espantat fins a la paret més llunyana de la cova. Tot tremolant s'agenolla en un racó i mira els dos visitants mort de por. La Matilde se sorprèn molt que el monstre encara no se'ls hagi menjat, i en Coco s'adona que el monstre té una por monstruosa.

El petit drac s'aclareix la veu i diu:

—No el volíem espantar, senyor monstre de les cavernes. Només el volíem visitar.

—Som espeleòlegs, d'aquests que investiguen coves —afegeix la Matilde.

El monstre també s'aclareix la veu i diu:

—No em dic monstre de les cavernes. Em dic Balduí.

—Jo sóc en Coco i ella és la Matilde —es presenta en Coco.

—Encantat —respon el Balduí—. Gairebé no ve mai ningú a visitar-me. Per això m'havia espantat una mica.

—I per què no tens visites? —pregunta en Coco.

—Perquè es pensen que sóc un monstre terrible. I això que només menjo nous i fruites!

—No menges animals? —pregunta la Matilde astorada.

—Animals? Ecs, quin fàstic! —contesta el Balduí.

Llavors en Coco té una idea:

—Vine amb nosaltres a la badia del Drac. Avui hi ha la Festa de la Sopa i serviran sopes delicioses.

—Ho dius de veritat? —pregunta el Balduí.

—I tant! Et convidem! —contesta el petit drac.

El Balduí no s'ho pot creure. No havia estat mai convidat en la seva monstruosa vida a una festa! De seguida va a buscar les seves ulleres de sol, perquè només està acostumat a la Llum de la lluna, i tots tres inicien el camí.

S'aturen al Gran Llac i hi fan un bany. Després, en Balduí ja no fa més pudor!

—Senyor Castor —crida en Coco—. Ens pot tornar a casa?

Però el senyor Castor no es mou del seu lloc.

—Aquest és el senyor Balduí. No és gens perillós —crida en Coco.

—Només menja groselles —crida la Matilde.

Llavors el senyor Castor decideix acostar-s'hi.

—Si us plau embarqui, senyor Balduí —diu.

I el vaixell comença a navegar.

Però quan en Coco i la Matilde apareixen a la Festa de la Sopa amb en Balduí, els dracs pugen als arbres, atemorits.

—Un monstre gegant! —criden, perquè en Balduí és tres vegades més gran que un drac, és a dir, molt, molt gran.

Però finalment s'adonen que en Balduí no és tan terrible. En realitat no ho és gens. Més aviat al contrari. En Balduí és el monstre més tendre del món.

I per aquest motiu, la Festa de la Sopa serà la millor de totes les que s'han celebrat!

Foto: privat

Ingo Siegner va néixer l'any 1965 a Grossburgwedel, a prop de Hannover. Acabada l'escola, va aprendre l'ofici de banquer, va viure un any a França i va assistir durant molt poc temps a la universitat. Finalment, va aterrar a Vamos, una organització de Hannover que organitzava viatges per a famílies. En molts d'aquests viatges explicava a nens i nenes històries fantàstiques. En comprovar com els menuts gaudien escoltant-lo, va començar a escriure-les. Alhora, va començar a dibuixar. Ingo Siegner viu i treballa a Hannover. Amb els seus llibres del petit drac Coco, que s'han traduït a molts idiomes, ha arribat al cor dels joves lectors i lectores. La tardor del 2003 va ser guardonat amb el Premi de Literatura Infantil Bad Iburger.

A la Galera confiem que t'ho hagis passat tan bé amb aquest llibre com nosaltres a l'hora de fer-lo. Hi ha més aventures del petit drac Coco que t'esperen.

Si tens una estona i vols explicar-nos les coses que t'han agradat (i també les que no), visita la nostra web, www.lagalera.cat, i deixa'ns uns missatge a info@lagalera.cat. Recorda que cal que demanis permís o ajuda a un adult.

La teva opinió és molt important per a nosaltres, perquè fem els llibres per a tu.

Illa del Drac
Bosc de la Bruixa
Gran Desert
Set Pantans